뼈아픈 별을 찾아서

이승하 시집

뼈아픈 별을 찾아서

달아실 시선
25

달아실

시인의 말

시와시학사에서 낸 시집은 출판사가 문을 닫는 바람에
일찍 절판이 되고 말았습니다. 근 20년 세월이 흐른 지금,
달아실의 배려로 재판을 내게 되었습니다. 이 시집으로
제2회 지훈상을 받아 개인적으로 애정이 많은데 박제영
시인이 소생시켜 주셨습니다. 감사의 인사를 올립니다.

2020년 새봄을 맞으면서
이승하

아버님, 6년 만에 시집을 냅니다.
시 쓰는 일이 너무 어렵다 여겨져 소설로 평론으로
달아났던 세월이 조금 길었습니다……마는, 제 마
음의 본향은 늘 시였습니다. 시작노트 다시 꺼내들
고 밤마다 연필을 깎으며 마음을 가다듬었습니다.
아버님, 제 시집 읽으시고 아주 환하게 웃으시리라
믿습니다.

이 시집을 아버님께 바칩니다.

2001년 가을을 맞으면서
이승하

차례

뼈
아
픈
별
을
찾
아
서

1부

시
간

꽃의 힘

꽃피울 줄 모르는 듯
봄이나 겨울이나 그 모습 그대로
죽은 듯이 네 해를
살아 있던 호접란
그대 깊이 병들어
남은 날을 헤아리게 된 오늘에사
화花, 알,
짝으로 피어
눈부시네

나 몰래 숨어 있던
난초의 힘이 얼마나 강력했으면
정성이 얼마나 간절했으면
저렇게 꽃, 피웠을까
저렇게 향기, 피우고 있을까
기다리고 기다려
빛 왈칵 쏟아놓고 있으니
병 깊은 그대
몇 날만 더 살아주어야겠네.

슬픔을 가르치기 위하여

눈 그친 저녁
흐느끼는 아이와 함께 마을 뒷산을 오른다
……똘똘이*는 차에 치어 피범벅이 되었다
버려져 잡초 무성한 누군가의 무덤 근처
언 땅을 파는 동안 밤이 내린다
주형아 그만 울어라
아빠, 울고 싶은 걸 어떻게 해요
그래, 광년을 기다려야 별이 되는 것을
수세기를 견뎌야 산이 되는 것을
너도 언젠가는 알게 될 거다
이 산의 나이가 기쁨이라면
저 별의 나이가 슬픔이라는 것을
또 다른 시체를 묻으며 태우며
알게 될 거다 너도 언젠가는.

* 집 강아지의 이름.

시간의 고리

신도림역 초만원 전동열차 속에서
고고의 울음소리 듣는다
우리는 모두 낙태되지 않은
핏덩어리였다 맨살이었다
옷 구겨지는, 맨살 짓눌리는
동시대인들 예외 없이
고고의 울음 터뜨린 뒤 여기 왔으나
우주의 시간으로 1분쯤 후인
1백 년 뒤에는 예외 없이
다른 세상에 가 있을 것이다

공기 나눠 마시다 숨쉬지 않게 될
이 비좁은 우리 속의 우리
손목을 귀에 갖다 대어보라
초침 돌아가는 소리, 소리, 시간들……
딸아이 첫울음 터뜨리는 광경을 나는
안양시 신영순병원 복도에 설치된
폐쇄회로 화면을 통해 보면서
들었다 살려줘요 목숨만

살려달라고 울부짖는 인간의 소리를

살려달라고 울부짖지도 못하고
목숨 끊어지는 아이, 아이, 태아들……
낙태되지 않고 살아남은
60억 중 하나인 누군가가
아프게 짓누르며 전하는 체온
나는 손잡이를 꽉 잡고 창밖을 본다.

시간은 늘 나와 함께 가네

1

시간은 나를 아프게 할 것이니
때가 되면 아파하자
시간은 나를 병들게 할 것이니
때가 되면 병들자 때가 되면
임종의 순간을 기다리자
유기체로서의 마지막 순간을.

2

내 마지막 숨 몰아쉴 때
이 지구상 수많은 생명체는
태어날 준비를 하고 있을 테지
있을 테지
생명을 준비하려 막 회임하는 여인과
생명을 완성하려 막 진통하는 여인도

내 고고의 울음을 터뜨린 그 시간에
마지막 숨을 몰아쉬었거나

막 숨을 거둔
지구상 수많은 생명체들아
죽을 수 있어 너희들과 나는
동격이다.

3

1960년 4월 18일이었지요
저는 어머니와 힘을 합쳐
사력을 다했지요
경북 의성군 안계면 그 시골 병원에서
어머니는 자궁에서 저를 내보내려고
위험할 정도로 하혈을 하고
저는 밝은 세상으로 나오려고
온몸이 피투성이가 되어.

4

현자가 있다면 물어보고 싶다

어떻게 살 것인가와
어떻게 죽을 것인가가
어떻게 다른지를
그저 주어진 시간은 1초도 없고
사는 동안만 나 살아 있을 테니
시간에게 지불해야 될
하나밖에 갖고 있지 않은
내 목숨일 테니.

5
태어난 그 순간부터
지상에서 숨쉬기 시작한 내 몫의 시간이여
나와 더불어 살아가기를
나 죽는 순간부터
나 없는 세상에서 존재할
삼라만상이여
시간이 허락한 내 생명 현상이 끝나더라도
창창한 시간과 더불어

짱짱하기를.

시간에게 묻는다

1. 중환자실 앞에서
시간이여
무수한 생명체를 탄생시키는 데
네가 필요한 것이냐
무수한 생명체를 소멸시키는 데
네가 필요한 것이냐
순간이 모여 영원이 되느냐
영원이 나누어져 순간들이 되느냐
가뭇없이 흘러만 가느냐
언제 출발하여 어디까지?

2. 영안실에서
시간이여
고통에도 무슨 뜻이 있느냐
사후 세계에 아무런 고통이 없다면
천국이 아니냐 혹 열반이 아니냐
천국과 열반이 아닐지라도
오럼 고통이여

인간들의 오랜 벗,
지층을 뚫고 별을 헤아리며
화석을 부수고 미라를 만들며.

시간의 무게

형제여, 들고 가는 그 시간이
무겁지 않습니까 신발은 이미 젖었는데
우산 없이 견디고 계신 당신 몸과
산지사방에 내리꽂히는 시간
거역할 수 없이 쏟아지는 시간들이
조금은 아프지 않습니까

생일을 기억하고 제삿날을 기억하는
우리는 모두 같은 시간 속에서
무엇을 챙기며 살아가는 것일까요
잠시 후, 그리고 먼 훗날에도 시간은
땅에서 하늘로 솟구치지 않겠지요
낮은 곳에서 높은 곳으로 흐르지 않겠지요
종이배처럼 떠내려가 다시는 오지 않을
멀고먼 시간, 시간들

형제여, 제 나이도 이제 마흔하나랍니다
살아온 시간이
살아갈 시간보다 많음을 알고 있다 한들

촌초를 다시 다툴까요
촌음을 거듭 아낄까요
포켓에 난 구멍으로 술술 빠지는
기나긴 나날, 나날들

태엽을 감을 때
시계를 수리점에 맡길 때
또 얼마나 많은 타인의 시간이 아파
살려달라 비명을 지르고
마지막 숨을 헐떡이겠습니까, 마는
밤마다 창을 열고 외치곤 합니다
내가 시간에다 몸 맞추면
나를 안은 우주가 전율할 것이라고……
아픈 형제여.

시간의 길이 참 길구나

― 처 작은아버지의 장례식에 참례하고자
처남이 모는 차를 타고 거창 가는 길에

저 엄청난 눈밭 사이로
길이 나 있다 김천~거창 간 3번국도
$40km$에서 $30km$로, $30km$에서 $20km$로
차의 속력이 점점 줄어드는 것은
길이 냉갈령을 부리기 때문

김천까지의 열차표 매진
경부선 고속버스 운행 전면 중단
20 몇 년 만에 내린 폭설이 빙판 이룬 날
스노 체인을 감을 여유는 없었다
밤을 거꾸러뜨려서라도 달려가야 할
길, 그 어른이 걸어온 길은 몇 킬로미터일까

생각나면 나타나 시야 가리는 눈발
대설경보가 내린 이 지역에는
추월할 수 있는 차도, 따라오는 차도
한 대 없다 밤 1시를 넘긴 시각
별빛도, 인가의 불빛 하나도 없는 길을

달린다 겨울 들판을 가득 채운 것은
유일무이한 눈, 눈의 장엄한 침묵시위

"졸음이 와 미치겠네."
껌을 꺼내 씹는 처남을 깨우는 것은
눈이다 기나긴 시간의 눈길
미끄러운 길 혹은 계속되는 내리막길
울퉁불퉁한 길 혹은 급커브의 길
다 못마땅한지 낡은 엘란트라는
계속 툴툴거린다 요동하는 시간의 길, 길이

처 작은아버지의 임종을 지킨 이는
아무도 없었다고 한다
간암의 고통을 모르핀으로 견디다
이불을 쥐어뜯으며 죽어갔으니
마치 이 길처럼
그분의 혼백 지금 결빙되어 있으리
마치 이 터널처럼

그분의 시간 영원으로 뚫려 있으리

저 엄청나게 퍼붓는 눈발 사이로
길이 나 있다 김천~거창 간 3번국도
반대편 오르막길에 큰 트럭 한 대
헛바퀴를 돌리며 멈춰 서 있고
또 한 구의 시신이 땅에 묻혀야 하는 날
길, 너 지금 너무 많이 지쳐 있구나.

혜초의 길
— 우루무치에서 투루판까지

길 물으니 다음 마을까지는
또다시 일백 리 황무지 길이라 한다
돌아보니 길은 모래바람에 사라지고
걷다보니 길은 끊겼다가 다시 나타난다

사람 사는 마을 그 어디를 가도
늘 들을 수 있는 웃음소리와 울음소리
골목길에서 노파는 손자 업고 흐뭇해하고
동구 밖에다 어미는 자식 묻으며 슬피 운다

하지만, 나의 길은 마을로 나 있지 않다
영원의 법法을 찾아 부르튼 발 앞으로 옮기면
서역의 하늘 끝은 늘 입 다문 지평선
가도 가도 인가의 불빛 한 점 보이지 않지만

어서 가자 밤을 도와 저 투루판 분지까지
넘어온 톈산산맥보다 더 아스라한 길을
오늘도 부지런히 걸어가야 하는 것은
내가 나서야 길이 비로소 길이기 때문.

혜초의 시간
― 투루판에서 둔황까지

또다시 황사바람이 불어와 눈 비빈다
이 모진 바람 언제부터 불어왔을까
산맥을 넘고 사막을 지나온 시간
바위가 돌이 되듯 세월 부서지고
돌이 모래가 되듯 시간 쌓였으리

둔황 막고굴 속에 봉인되어 있던
혜초의 시간 장장 1,200년*
그 동안에도 수많은 사람들이 태어나고
죽어가면서 참 많이도 울었으리 눈물 없는
서방정토를 꿈꾸며 그렸을까 둔황 벽의 그림들

시간은 바람처럼 왔다 물처럼 가는 것이 아니라
내가 땀 흘리며 그려내는 것
둔황 가는 길 다리 아파 밤하늘 우러르니
캄캄한 저 하늘에 가물가물한 별빛 하나
고개 끄덕이며 내 가슴에 불 밝힌다.

* 당나라에 유학 가 있던 신라의 승려 혜초(704~787)가 불교의 발상지 인도 순례에 오른 것은 723년이었다. 배를 타고 동남아시아를 거쳐 725년에 인도에 도착한 혜초는 동부 인도에서 서북 인도를 돌아 중앙아시아 드넓은 땅을 편력했으며, 실크로드를 통해 729년에 당나라로 돌아왔다. 그가 여행하면서 쓴 『왕오천축국전』은 1908년 프랑스의 동양학자 펠리오에 의해 중국 둔황 석굴에서 발견되었는데, 8세기경의 인도와 중앙아시아에 대해 쓴 세계 유일의 기록문이라고 한다.

만리장성에 오르다

시간이 나로 인해 아파한다면
아픈 대로 그냥 두는 수밖에 없으리
만들 수 없는,
만질 수 없는 시간의 정령들

가령 중국 명나라 때에
장성 쌓는 일을 하다가
생애를 마친 이가 있었다 하자*
누군가의 사랑스런 아들이
장성 쌓는 일을 하다 생을 마쳤다면
그의 시간은 얼마나
쓰라린 시간이었겠는가
인간의 잔인한 시간이
천리에 걸쳐 성을 쌓고도 모자라
만리에 걸쳐 쌓아올렸다니

고통의 역사가 문명 이루었으리
얼마나 많은 아픈 시간이 쌓여
만리장성이 되고 피라미드가 되고

황하문명이 되고 잉카문명이 되었겠는가

시간이여 첩첩한 시간이여
1960년 4월 18일에 나를 허락하여
지금껏 돌봐주고 있으니
그래 내 견디도록 하마
조금 더 아파도 참도록 하마
내가 할 수 있는 일이란
이 실낱같은 시간을 감당한다는 것
수백 년이 지나도 변질되지 않을
황금으로 빚은.

* 현재의 만리장성은 거의 다 명나라 때 축조된 것이라 한다. 장성을 쌓다가 죽은 이가 워낙 많아 중국에서는 "사람 뼈로 쌓아올린 만리장성"이라는 말이 지금껏 전해오고 있다.

실크로드에서
― 2000년 8월 15일을 기다리며, 외할아버지에게

외할아버지, 지금 이곳은 투루판 분지입니다
잠든 대지를 흔들어 깨우고 싶은지 열차는
10분마다 한 번씩 불빛 없는 들판에 기적 울리지만
불편한 침대차 속으로 달려드는 대륙의 더운 바람
잠을 재웠다 깨웠다, 깨웠다 재웠다 합니다
남로 북로 어느 길로 가도 교역할 수 있었던
실크로드―중국과 서역이 만날 수 있었던 길

캄캄했던 50년 동안 제 등 뒤로 버티고 서 있던
산맥의 이름을 아십니까 알타이와 톈산
그보다 더 멀리 떨어져 계셨지요 외할아버지
몽매했던 50년 동안 지평선 너머로 펼쳐져 있던
사막의 이름을 아십니까 타클라마칸과 고비
그보다 더 목말라 하셨지요 외할아버지

아버지의 생사를 모른 채 산 당신 딸의 50년
인간의 사막에 이제 눈물비가 내리려 합니다
소리 죽여 울면서 불러보던 이름 이번 광복절 되면

목 놓아 외치며 불러볼 어르신네도 있을 텐데
아내와 7남매 두고 철삿줄에 묶여 가신 외할아버지
지금껏 살아 계십니까 오래전에 별이 되셨습니까

창가로 하나둘씩 다가오는 인가의 불빛
덜커덩 기차 멈춘 이곳은 하미역哈密驛
둔황역까지는 아직도 한참을 더 가야 한답니다
그 시간을 참고 기다려야 하겠지요 지금 이곳은
투루판 분지의 끝 하미역 플랫폼입니다.

2000년 7월 22일
외손자 승하 올림

짐승들 한꺼번에 땅에 묻기 전에

감염된 짐승들이 이 마을 저 마을에서
울부짖고 있다 입가로 흘러내리는 절망의 거품
불그죽죽한 유방과 부풀어오른 성기마다
맺혀 있는 물집들
아프고 아프고 또 아파서
울고 울고 또 울다 쓰러진다
황사바람 미친 듯이 불어오자 함께 미쳐버린
저 수많은 소와 돼지, 어린 새끼들
낳고 길러온 사람들 눈에서
흘러내리는 피눈물을 본다
가축의 새끼로 태어나 숨쉬며 바라본 세상은
무섭지도, 그리 향기롭지도 않았으리

마을로 통하는 모든 길이 끊겨 있다
삼엄한 총의 경계 속에서 불신의 똥이 쌓이고
저 짐승들 도축 못 하면 산 채로 파묻어야 한다
땅을 파라 저주의 땅을 더욱 깊이
세기말의 바람 세기초에도 불고
먼 대륙으로부터 온갖 매연을 이끌고

불어오는 황사바람 탓에 이 묵시의 계절에
한반도의 상공 온통 누르께하다
건조주의보 속 햇빛이 몸부림치며 내려오다 만다
때때로, 시커먼 산불 연기 뒤덮이는 반도의 하늘
불길로 툭툭 끊어지는 백두대간의 줄기들
새의 무리도 울면서 날지 않고 그냥 날고

벌받을 것이다 학살 이어질 21세기에는
아내의 불그죽죽한 유방에서
하얀 젖 더 이상 나오지 않을 것이다
몇 방울 나오는 것은 검은 젖 혹은 빨간 젖
남편의 부풀어오른 성기에서
누런 고름 자꾸만 나올 것이다
끈끈히 흘러나오는 것은 꿀 같은 점액질의 고름
지아비는 지어미를 때리다 죽이고
지어미는 어린 새끼를 굶기다 버리고
새끼는 아비와 어미를 토막 내어 여러 곳에 버릴 것이다
집이 사라지고 마을이 파괴되고
인간의 도시가 하나둘 사라질 것이다
〉

고아도 아닌데 편모 편부 슬하도 아닌데
왜 우리 이렇게 버림받아야 하는지
이렇게 많은 목숨 가진 것들을 매장해야 하는지
아무 죄 없는 생명 생명 저 생명체들
아무 영문도 모를 텐데 불안한 얼굴로
슬피 울고 있다 떼죽음의 순간을 기다리며
따라 울고 있다 호호 늙은 가축 주인들
파묻는 그 순간까지 굶기지 않으려고 먹이를 준
가축들 퀭한 눈과 마주치자
노을보다 붉게 타오르는 눈으로
그예 허물어져 땅을 치며 통곡한다
짐승들 한꺼번에 땅에 묻기 전에.

어제

어제,
전국의 교도소에서,
사형이,
집행되었다고,
조간신문에,
나와,
있다

자신의 의지로 잉태되는 생명이 있을까
있을까
자신의 의지로 잉태시키지 않아도
수태가 고지되는
그 어떤 생명이

자궁을 빠져나오는 것이
자신의 의지가 아니라면
내가 존재하고 있음을 알리는
고고의 울음이
자신의 의도가 아니라면

누구의 의도이며
누구의 예정이란 말인가

자신의 의지로 행한
그 어떤 죄의 값으로
그들의 육신은 어제부터
하나의 고깃덩어리
혹은 한줌의 재가 되었다

사형수 중에는
끝끝내 세상을 원망하다 간 사람과
자신의 장기를 남에게 주고 간 사람과
하느님께 감사하며 형장으로 간 사람이
있었다고 한다
그들은 바로 어제
교도관의 부름을 받고
비,
　틀,
　　비,
　　　틀,

이 우주의 바깥으로 걸어갔다

어제,
나는,
무엇을,
했던가,
생명 떨기,
수확되는,
그 시간에,
나는,

회복기의 아침에

장기의 일부를 도려냄으로써
수술은 일단 성공적으로 끝났다

길이도 넓이도 알 수 없는
여분의 시간들을 게워내고 있는 태양
태양의 알갱이들이
창으로 눈으로 쏟아져 들어와
이렇게 종알댄다
이제부터 네 앞의 생은
덤의 생이란다
네가 쌓아갈 시간의 봉분은
너 자신의 것이므로 알아서 하렴
크든 작든

작든 크든
저 나무가 저토록 잎 푸른 것은
뿌리가 아팠기 때문일 게다
보이지 않는 곳의 뿌리
물을 찾아서 땅 깊은 곳으로

돌을 스쳐 바위를 피해
아프지 않은 곳으로 가기 위해
뿌리는 많은 날을 참았을 게다
자기만이 아는 겹겹의 아픔을

꽃나무가 꽃 한 송이 피워낼 때
땅강아지가 땅 한 뼘 기어갈 때
아무런 아픔이 없었다고
말할 수 없게 되었다, 나는.

너는 나한테 빚진 것이 없다

너는 나를 빌려 태어난 것이니
너는 나한테 빚진 것이 없다

갓 돌이 지난 자식을 씻긴다
분홍색 플라스틱 물통에 물을 받아
아토피성 피부염
온몸이 사람의 살 같지 않게 거친
자식을 씻긴다

장난삼아 고추를 톡 건드리자
내 몸을 빌려 태어난 자식이
간지러운지 까르르 웃는다
10대조 할아버지 아기 때의 웃음소리도
똑 이러했을 터

나와 성씨가 같은 미지의 사내가
한 여인의 몸에 튼튼히 길을 놓아
태어난 몸이 있었을 것이다
한 여인의 몸에 난 길을 뚫고 나와

태어난 자식이 지금 웃고 있다

정념情念의 피는 대를 물리는 법
무덤도 흔적 없을 수많은
할머니 할아버지들의 몸이
지금 네 몸 안에 들어 있다
갓 돌이 지난 하얗고 작은 생명체여

　너는 나를 빌려 지상에 온 것이니
　너는 나한테 아무것도 빚진 것 없다.

사자의 서

지상에 한 명 사람으로 태어나
외따로 떨어진 섬이기 싫어
우리는 글을 만들고 말을 전했네
산 자의 행적과 죽은 자의 치적을
돌에 새기고 죽은 이여
책에 남기고 죽은 이여

한여름 도서관 창밖
눈 시리게 푸른 저 신록을 보면
나무 키운 거름은 모두
사라져버린 자들의
몸과 혼이라는 생각이 드네
동시대인의 수천 배는 될
모든 죽은 이여
성인이었든 천민이었든
그대들의 생각은
내가 읽는 책 속에
내가 하는 말 속에 살아 있다,
숨쉬고 있다고 나는 믿네
〉

영정 속의 수많은 얼굴 얼굴들
장례식을 보며 나는 자랐네
『死者의 書』*가 씌어진
기원전 16세기에도
3,600년이 지난 지금에도
머물다 갈 촌각 사이에서
죽은 이들이 쓴 낡은 책과
창밖 저 푸른 신록 사이에서.

* 『死者의 書』: 고대 이집트의 장례식에 관한 글 모음. 주문 내지는 마술 공식으로 이루어져 있고, 죽은 사람을 내세에서 돕는다고 믿어 무덤에 넣어주었다.

경계에서
— 바닷길 갈라지는 진도에 와서

내 가슴 터질 듯 부풀게 했던
어린 날의 새벽놀과 저녁놀이여
선혈같이 하늘 가득 번지던 구름
어디까지가 낮이고 어디서부터 밤이었나

삶과 죽음의 경계에서 나는
의사를 붙들고 간청한 적이 있었지
잘못되진 않겠죠? 수술하면 낫겠죠?
어디까지가 삶이고 어디서부터 죽음이었나

기쁨과 슬픔의 경계에서 나는
속이기도 하고 속기도 했것다
울리기도 하고 울기도 했것다
내 누대累代의 조상이 그러했듯이

나는 하나의 유기체
자극이 있었으니 반응했던 것
가시可視의 영역 내에서만

인지認知의 영역 내에서만
초자연을 알지 못한 채
초월을 알지 못한 채

밤과 낮의 경계에서
삶과 죽음의 경계에서
기쁨과 슬픔의 경계에서
유한과 무한의 경계에서
젊음과 늙음의 경계에서
위태롭게 줄타기를 하며
나는 살아왔다.

1천 년 뒤에 남을 집을 위하여

바람이 모셔온 송진 냄새가
내 콧구멍 간질이면
무릎 시린 이놈의 다리
연장통 찾아 들고 또
바람의 길을 따르려 하겠지
가세, 가는 거여
뒤돌아볼 고향이며 내 집 따위는
애당초 없었던 거나 마찬가지

잘 벗겨진 무처럼
속살 드러낸 저 서까래 더미
내 치목治木에 일어서 숨쉬면
애기 어무이 젖무덤도 되고
어린 동자승 민머리도 되지
내가 세운 집에 대하여
내 아직은 후회한 적 없다네

여자는 잘 모르지만
구멍은 잘 맞춘다고 하더만

선자 서까래 맞추는 일
돈은 정말 모르지만
뒤처리가 깔끔하다고 하더만
귀살미 첨차檜遮와 제공 첨차 처리
아는 사람은 알지 않겠어
일에 바람나는 재미를

일에 신들리는 재미로
생땅이 나올 때까지 흙 파는 거여
자, 거기다 왕모래를 붓고
물을 부어 모래를 가라앉히라고
했는가? 그런 다음엔 한 자쯤
강회 다짐을 하는 거여
그 위에 주춧돌을 놓는 거지
기둥 바닥을 고르고……
서까래를 걸면 내 자식새끼가 또 하나
세상에 태어나는 거 아니것어?

그래, 호호 늙은 이 도편수

80년 지나온 세월
한눈팔 쨈이 없었다고 말하면
사람들은 웃는다 웃지 마라
내 손때 묻은 연장들
날 따라다니며 윤이 더해가
반짝인다 고집불통의 연장들아
나 죽고 백년 뒤쯤에
천년 갈 집 한 채 거뜬히 지어놓으렴.

밤 연가

많은 이 잠들어 있을 이 시각
그대 혼은 이 이승에 아직 머물러 있나
저 저승으로 난 길을 걷고 있나
밤의 중환자실 시계도 지쳐
천천히 가고 있는 것만 같네

함께했던 시간은 다 아름다웠네
내 가벼운 농담에 풀어놓곤 했던
그대 웃음보따리, 배를 잡고 때굴때굴
함께 구른 적도 있었건만 지금은
아무런 고통도, 아무런 느낌도 없이

나는 밤의 격전지에서 부상병처럼
절뚝거리며 오는 새벽을 헤아리고
관계의 끈은 저 링거 병 속으로
떨어지는 시간만이 부여잡고 있네
아아 눈뜨기만을, 살아나기만을.

자, 동동구리무요 동동구리무!

아부지는 한심한 짐통놀이꾼*
동동구리무를 팔며 살았네
이 장터 저 난장판
골라 골라요 거저요 거저 고함치다가
천하일색 양귀비가 따로 없어
동동구리무 한 통씩 사다 발라봐
자, 동동구리무요 동동구리무!
그 너스레 처음 들은 중학교 1학년 때
땅 밑으로 푹 꺼져버리고 싶었네

분 바른 아부지 북 장단을 치며
춤을 추며 하모니카 불며
고개 주억거리며 고맙씸다! 고맙씸다!
40대 넘기고 50대 넘기는 동안
울 어무이 주름살 늘고
술주정 함께 늘어갔네

얘기로만 들은 짐통놀이꾼의 나날
방값 밥값 밀릴 때의 야반도주와

북과 보따리 땜에 태워주지 않던 버스들
달그림자 밟으며 고개 넘으면서 아부지
마누라 생각 자식 생각에
울기도 많이 울었다고요 웃기지 마소
그 동동구리무 우리 어무이
한 번도 얼굴에 바른 적 없구마

니 짐통놀이 배울래? 물어보실 때마다
석유 끼얹어 확 불질러버리고 싶었을 뿐
아부진 저레 늙었는데도
망령도 안 들고 또다시
발로 북 장단 치고 있네.

* 등에 큰북을 짊어지고서 발로 장단을 치고 하모니카를 불며 손님을 모아 장사
  를 하는 사람.

53

거름
— 6대조 할머니의 삶과 죽음

처녀였던 그대
처녀막 파열했던 날
새끼 하나 가졌네 모계의 줄을 쥐고
줄줄이 태어날 새끼의 어미 어미들

그대 몸 밖으로 흘러내린 피
대지를 적셔 나무들을 키웠네
사람의 칼이 나무를 자르고
숲 사이로 길을 만들었네
사람의 길, 무덤으로 가는 길을

그대 자궁 속에서 움트는 새싹
숲 속의 새소리와 바람소리
밤이면 짐승의 울음소리
낮에는 아비의 웃음소리 들으며
바깥세상을 꿈꾸었네
환한 세상, 더없이 순한 세상을
그대 배 무덤처럼 솟아오르고
〉

엄청난 피 흘리며
그대 목숨 거두어들인 날
살아보려 몸 밖으로 나온
핏덩이 하나 살의 무덤 활짝 열고
첫울음 힘껏 터뜨린
내 5대조 할머니

그대 또한 땅에 묻혀
나무들을 키웠네
사람의 숲이 숲을 이루고
숲 사이로 길이 만들어졌네
사람의 길, 사람됨의 길이.

서기 2000년 12월 31일 밤부터
2001년 1월 1일 새벽까지
가는 길 위에서 이루어지다

서울······ 광화문······ 제야······
밤을 손가락질하며 홍소를 터뜨리는
저 많은 거리의 간판들
"돈이 있으면 어서 들어오십시오."
별을 지우며 군침을 삼키는
빌딩에 나붙은 저 거대한 전광판들
"욕망이 있으면 어서 사시지요."

"어머니여, 보십시오. 당신의 아들입니다."

나는 왜 서기 30년 6월 7일
오후의 일이 생각났던 것일까
사람의 마을에
한 세기의 마지막 밤이 왔기 때문일까

"엘리, 엘리, 라마 사박다니?"
〉

56

어디로 가는 것일까 저 많은 불빛들
물결 이루다 흐름이 막혀
오도 가도 못 하는 저 많은 사람들
케이크를 사들고 휴대폰을 꺼내들고
아니, 저마다 가장 무거운 십자가를 지고

"목이 마르다."

출장 마사지, 영계 술집, 미녀 스쿨의 전단지
나체의 여인들이 구겨지고 짓밟히는
서울의 밤거리는 지금 사막인가
그 사막을 걷는 나는 낙타인가
목이 마르지만 지금 물 마실 수 없다

"아버지, 제 영혼을 아버지의 손에 맡기나이다."

거리를 메운 함성, 호루라기 소리, 핸드마이크 소리

"질서를 지켜주십시오! 질서를 좀 지켜주십시오!"
비대한 도시 서울
사람 운집한 광화문 일대
세기가 뒤바뀌는 제야에
사람들의 발에 짓밟혀
다섯 살배기 아이는 숨을 거두었다
서른세 살 예수는 숨을 거두었다

"다 이루었다."

수많은 간판과 전광판이 지켜보는 가운데
그것은 다 이루어졌다.

2부

공간

수술실 밖에서

참으면 된다
참으면 나을 수 있다는 말 대신
'사랑한다'는 한 마디만 하고
나는 아내를 보냈다
생과 사가 결정될 수술실로

한 시간이 지나고
또 한 시간이 지나고
다시 한 시간이⋯⋯
복도를 서성이며
함께 살아온 9년을 생각했다
화분에 물을 주며, 분재를 하며
함께 지켜본 나날의 수는
참 많았던가 너무 적었던가
그대 살아난다면
다시 자연으로 돌아오는 것인가
그대 하, 죽는다면
비로소 영원으로 돌아가는 것인가

열린 창 너머 밤하늘을 보며

아침 신문에서 본 혜성을 생각했다
1만 8천 년 만에 다시 오늘 밤
지구를 방문한다는 햐쿠다케 혜성
이 우주의 시간으로도
참 오랜만인가
눈 깜짝할 사이인가
눈앞에 잠시 보였다 사라진다면
자연으로 돌아가는 것인가
다시는 내 곁에 오지 않는다면
진통제가 필요 없는 세상에서
영원히 안식하는 것인가

다시 사랑할 수 있는
미지의 날들을 위해 기도했다
내 참회의 기도가 햐쿠다케 혜성
미친 듯이 달려가는 너의 심금을
울리지 못한다면 말이다,
매일 밤 저 하늘에다 흩뿌리는
생명을 거두는 이의 피눈물을
어떤 별이 있어 헤아리랴.

뼈아픈 별을 찾아서
— 아들에게

취해서 귀가하는 어느 밤이 온다면
집에 당도하기 전에 꼭 한 번
하늘을 보아라 별이 있느냐?
별이 한두 개밖에 없는
도회지의 하늘이건
별이 지천으로 돋아난
여행지의 하늘이건
뼈아픈 별 몇이서
너를 찾고 있을 테니
그 별에게 눈 맞춘 다음에야
벨을 눌러야 한다
잠이 들어야 한다 아들아
천상의 별을 찾는다고 네 발 밑에서
지렁이나 개미가 죽게 하지 말기를
통증을 느끼는 것들을 가엾어하지 않는다면
네 목숨의 값어치는 그 미물과 같지
아들아 네 등 뒤로 떨어지며
무수히 죽어간 별똥별의 이름은 없어

뼈아픈 별이기에
영원히 반짝이지 않는단다.

연인에게
― 병실로 띄운 엽서

그대 몸이 몹시 아파서
쳐다본 별이 있다면
그 별이 그대 찾아온 것이지
머나먼 곳의 발광체도
아픔을 나누고 싶어
저렇게 하늘 한구석을 맴돌고 있는데
왜 나는
그때 그대에게
그런 가혹한 말을 했던가 몰라

그대 마음이 몹시 아파서
쳐다본 별이 있다면
그 별이 그대 찾아온 것이지
머나먼 곳의 무생물체도
자신의 존재를 증명하고 싶어
저렇게 빛 뿌리며 달리고 있는데
왜 나는
지금도 그대에게

아무 말 해주지 않고 있는지 몰라
조금 따뜻한 한마디의 말을.

병든 자식과 별

수술 시간이 다가오고 있네
미궁의 시간
아이는 잠들지 않고
운다 몸으로 온몸으로
땀에 젖은 얼굴과 환자복
나는 아이를 휠체어에 태우고
무더운 병실을 나선다

별을 흩뿌려놓은 이는 누구인가
어젯밤에도 숨 거둔 별이 있어
그 바로 옆자리의 별이 오늘 밤
네게 무슨 말을 건네려고
저렇게 입 달싹이고 있는 것이냐
태어난 모든 것이 사라질지라도
사라지기 위해 태어난 것은 아니라고
저렇게 소곤거리고 있는 것이냐

사지를 뒤틀며
두 눈을 반짝이며

"아, 아빠, 저, 저, 저
벼, 별, 이, 이름이 뭐―예요?"
라고 묻는 아이의
수술 시간이 다가오고 있네
전신 마취의 시간

노래라도 불러주랴
자장가가 생각나지 않아
네 웃음소리가 생각나지 않아
돌 무렵부터 너는 울기 시작했고
뜨겁고 차가웠던 수많은 밤의
초…… 분…… 괘종시계의
뎅, 뎅, 뎅, 뎅……

괴로움을 아는 별이여
내 이마에 와서 부서져라 산산이
더 이상 아프지 않게
아프지 않게, 시간이여
시간을 만든 이여

이 모든 고통의 뜻을 가르쳐다오
세상 모든 병든 자식의 고통에
무슨 뜻이 있다면

마비된 시간을 풀기 위하여
불구의 시간을 일으키기 위하여
저 많은 별들은
저리도 엄청난 노역을 하고 있는 것이냐
아이가 이름 부른 별을 올려다보다
별무리가 잠재운 아이를 내려다보다
그 만남이 하 기뻐서
나 잠시 미소 지을 수 있네.

영안실을 나와 택시를 기다리며

……물컹, 내 발에 밟힌 것이 무엇인지
　　한참 들여다보고서야 알았다
　　죽은 비둘기…… 보라매병원을 나온
　　심야 2시 반의 낯선 동네
　　영하 13도의 추위 속에서 발을 구르며
　　기다려도 기다려도 택시는 나타나지 않았다
　　문득 고개 젖혔을 때, 몇 개의 빛나는 별이……

새로 태어난 별의 이름을 기억하고 싶다
내 생명의 남은 시간과 무관한 시간이
저 먼 우주의 어느 공간에서 새로이 시작되는 것을
내 육안으로는 끝내 볼 수 없을지라도
움직이면서 존재하는 것들의 이름을 낱낱이
내 기억의 시간 속에다 부활시키고 싶다

인간의 마을이 죄다 잠이 드는 밤마다
내가 이름 붙인 별의 이름으로
너희들이 달려와 춤추며 타오르며
자신의 실존을 증명하지 않는다면

나는 살아도 산 것이 아니며
죽어도 살았던 것이 아니리라

세 번 이상 부정하고 싶었던 시간들
시간 바깥으로
나 때때로 달아나고 싶었으나
이 밤에 내가 택시를 기다리며
굉음을 내며 질주하는 시간의 흐름을 느끼는 것은
이날 이때까지
저 별의 무상함을 몰랐기 때문일까
나 자신의 몽매함을 몰랐기 때문일까

빛, 혹은 영혼의 빛들이여
그래, 알고 싶다
내 생애의 어느 날에 태어난 별이
내 사후의 어느 날까지 빛날 것인지를
빛, 혹은 생명의 빛들이여
그래, 알고 싶다
청소차에 실려 갈 죽은 비둘기가

어디에 버려져 어떻게 썩어갈지를

택시는 좀처럼 오지 않았다
발을 구르며, 귀를 문지르며
영정影幀으로 뵌 친구의 어머니를 떠올렸다
슬퍼했던가? 상주와 맞절을 하고 나서
잠시 명복을 빌었지만
술과 안주, 농담과 진담, 비웃음과 너털웃음……
문득 고개 젖혔을 때 몇 개의 빛나는 별이……

수십 억 광년의 거리는 아닐지라도
식지 않는 어느 별의 가슴팍에
언젠가는 나 자신의 시신도 묻혔으면 좋겠다
……언제까지나……
살아 있을 시간이여
아파할 줄 아는 지상의 모든 금빛 시간이여
춤추며 타오를 수 있다면
그렇게 하라.

딸에게

설움이 쌓여 말을 잃을 때
그런 때가 올 것이다
그럼 밤을 기다려라
한밤에
불 다 끄고 눈을 감아보렴
네 숨소리 들리는 한 너는 생명체이니
이 우주가 너와 더불어 존재하는 것 아니냐
그럼 된 것이다 내 아가야

가다가 지쳐 주저앉고 싶을 때
그런 때가 올 것이다
그럼 밤을 기다려라
한밤에
숲 속에 들어가 눈을 감아보렴
벌레 소리 들리는 한 너는 피조물이니
살아 있다는 것 자체가 위대한 일 아니냐
그럼 된 것이다 내 사랑아

호호백발 할머니 되어 운신하기 어려울 때

그런 때가 올 것이다
그럼 밤을 기다려라
한밤에
창가에 서 하늘 한번 올려다보렴
별이 있는 한 너는 유한자이니
무한을 꿈꿀 수 있지 않느냐
그럼 된 것이다 내 분신아.

화성에서의 하룻밤
— 소저너*의 노래

저기가 지구로구나
나는 태양으로부터 네 번째에 위치한 붉은 행성
화성에서의 첫날밤에
난생 처음 보았다 병든 지구를
주름살투성이의 늙은 지구를
뇌일혈의 초록 행성은
지층의 용틀임으로 관절마다 쑤시고
지상의 국지전으로 신경마다 아파
절망의 SOS를
태양계 바깥으로 타전하기 시작했다

Mars
붉은 별이라고, 핏빛의 별이라고
그 옛날 희랍인들은 화성을
전쟁의 신 이름 Mars라 부르면서
전쟁터에서 무수히 죽어가더니
끝내는 제국의 영광을
피에다 바쳤다

유사 이래 인간이란 생명체는
하혈하는 모체에서 분리되어
피로 첫 목욕을 했던 것이다
피 흘리는 양을 신전에 바쳐
자신의 죄를 씻고
피 철철 흘리며 죽어갔던 것이다
그리하여 AIDS
썩은 피까지 대물림하게 된
피비린내 풍기는 초록 행성의 말기

이곳은 몹시 춥다
운석 구덩이 화산과 넓은 용암대지
계곡과 협곡, 산사태의 흔적은 시간이 만든 것
지구를 가득 메운 저 인간들은
우주의 넓이를 잴 수 있을지언정
깊이를 잴 수는 없을 것이다
모두 다 던져진 존재이기에
화성의 커다란 모래언덕 평원이 언제

북극 극관極冠 주위에
고리 모양을 만들었는지
그 시간의 깊이는 알지 못하고
한 명 남김없이 사라질 것이다
나를 여기에 데려다준
패스파인더호의 운명처럼
모든 작동하는 것들의 수명처럼

수성 금성 지구 화성 목성
토성 천왕성 해왕성
태양계 속에 던져진 여덟 행성도
언젠가는 사라질 것이다
초록 행성을 빛나게 했던 문명과 문화
그 모든 다툼의 흔적들까지도
휘두르는 채찍에 피 흘리며 쌓아올린 신전과
노예들이 피 흘리며 죽어가던 투기장들도
시간의 캄캄절벽, 끝 모를 낭떠러지
블랙홀 속으로 시간의 무덤 속으로

사라질 것이다
최후의 날을 향한
카운트다운이 시작되었으니

폭풍이었을까 폭풍 끝 고요였을까
태초의 바다가 어디에서 발원하여
언제쯤 한 점 물기 없는 사막이 되는지
인간이여 당신들은 모르면서
이름을 만들고, 새기고, 남기려 하니
얼마나 어리석은 짓들인가
이곳은 한없이 춥고 바람 피할 곳 없는
핏빛 흙먼지 이는 대지
내가 떠나온 저 지구처럼 목이 타는 행성.

* 화성 탐사를 위한 무인 우주선 패스파인더 호에 실린 탐사 로봇의 이름.

별과 별 사이에서

— 수련원 C랜드에서 불에 타 죽은 19명의 유치원생을
   애도하며

별과 별 사이에서 태어난 너희들이
일곱 번째의 생일을 맞기도 전에
별과 별 사이로 날아가 버렸으니
오늘 밤 저 하늘의 어둠은
조금 더 깊어지겠구나

그날 하늘 한쪽에서
웅크린 채 우는 별무리가 있었으리
흔적만 남은, 흔적도 찾을 수 없는
너희들의 이름을 내 다 기억할 수 없듯이
저 별들도 언젠가는
너희들을 기억에서 내몰고 죽어가리라

숨쉬는 것들 반드시 숨 멈추게 되나
소멸하는 동안 또 생성되는 우리
모두를 데려갈 시간의 지배자는
불가사의한 목숨 몇몇을
저 밤하늘에다 또 띄워 올리고
〉

수명 다한 별 하나가 사라지면
하늘의 구도는 어떻게 바뀌는가
별의 숫자를 셀 수 없듯이
너희들 살아온 날수를 차마 헤아릴 수 없듯이
별과 별 사이의 거리를
어느 누가 감히 헤아릴 수 있으랴.

다시, 바벨탑을 세우며

한강변에 앉아서 별의 시간을 본다
밤하늘에 계절 그리며 유유히 흘러가는
흐르지 않을 도리 없어 저절로 흘러가는
땅을 변하게 하고 세상의 강을 변하게 하는
시간, 변함이 없는……

시간을 견디지 못해 범람하는 언어가 있다
실시간의 언어, 인터넷의 언어
화상회의의 언어, 가상세계의 언어
천의 미사여구를 동원한 정객의 언어는
때로, 심한 악취를 풍기면서…… 은어隱語
최대한 빨리 배설하는 자본주의의 언어는
때로, 떼로 죽어가면서…… 은어銀魚

한 세기 내내 분해한 촌각의 시간들이
신과 대결하며 조립한 첨단의 시간들이
쌓이고 쌓여 탑이 된다
소통의 시간을 줄이기 위해
단절의 시간을 늘이기 위해

신의 등 뒤에서 우리는
또 하나의 탑을 쌓고…… 견고한

이 거대 도시 한복판에서
올라가는 높다란 탑, 탑의 꼭대기가
하늘을 찌르고 하늘의 문을 찌르고
신의 눈을 찌르고 있다
피눈물 흐르게 해 대홍수
몸 나뒹굴게 해 대지진
세기말에 우리는 살아남았구나

한강변에 앉아서 달의 시간을 본다
세상의 물을 밀고 당기며 도도히 흘러가는
흐르지 않을 도리 없어 저 홀로 흘러가는
종족을 사라지게 하고 뭇 종족의 언어를 사라지게 하는
시간, 끊임이 없는……

시간의 궤도를 따라
지구는 돌고 또 돌고

언어의 탑신 안에서
우리 실신하고 또 미쳐가리
아직도 탑은 완성되지 않았고 컴퓨터
컴퓨터가 쏘아 보내는 시간의 파도에 휩쓸려
우리는 온 땅으로 온 바다로 흩어져 갈 뿐.

생명의 질서
— 인간 유전자 지도(게놈)가 완성된 날에

1

너와 내가 만난 것은
백 년 전쯤에 점지된 운명이었을까
천 년 전쯤에 점지된 운명이었을까
생명이 다른 생명을 만나
백년가약 맺는 것을 보려고
이 지구는
천 년을 기다렸을까
만 년을 기다렸을까

한 정자가 한 난자를 만나
생명체를 만들기 위해서는
몇 십만 가지의 우연과
몇 백만 가지의 필연이 겹쳐야 했을까
얼마나 많은 시간이 돕고
얼마나 많은 별들이 도와야 했을까

2

이전에는 존재하지 않았던
하나의 생명체에게
숨을 불어넣기 위하여
세상의 수컷은 DNA 분자
그 엄숙한 질서를 지켜
이중나선二重螺線 구조를 이루었다
그러니 모든 암컷은
수십 억 정자를 받아
유전자를 복제하라
생명의 질서를 지켜

3

천지신명이여 나를
질서 속에서만 살게 하라
생명의 질서 속에서
염기의 질서 속에서
삶의 질서 속에서

말의 질서 속에서

이전에는 어떤 꿈도 꿀 수 없었던
무질서한 것들이
생명으로 태어나
또 다른 세상을 꿈꾸고
우주의 질서를 지켜
그 꿈 이루곤 했으나
이제는 사람이 만든
이 완벽한 지상 낙원에서
인간이 세운 질서가 무너뜨리고 있다
신의 블랙박스—염기의 질서를.

황도를 지우다

새벽에 일어나 울어본 일이 있느냐
어제까지 같이 웃으며 놀다
사람에 치어 사라진 사람 생각에
일찌감치 잠 깨어 창을 열면
새벽이란다 아들아
별들이 몸 떨며 사라지는 새벽은
새벽에 눈뜨는 사람만이
볼 수 있는 법

10대조 할아버지 생시부터 달려온
입자이면서 파동인 저 별빛
별빛의 떨림에 가슴 떨며
유한과 무한의 차이에 가슴 떨며
하루를 맞지 않으면
그 하루는 네 것이 아니란다
매일 새벽 튀어오는 먼동이라도
네가 맞아야 새벽이다…… 오존층 뚫린
네 눈으로 보아야 새벽이다…… 스모그 짙은
〉

아들아, 네 머리는 둥근 이 지구를 닮았으니
황도黃道 12궁을 머리에 이고 있는 거란다
손 뻗으면 달, 발 뻗으면 해
그런 마음으로 늘
새천년의 먼동을 보며
너의 생을
지난 세기와는 다르게 열어가렴

밤이 낮을 분만하는 동안
백양궁, 금우궁, 쌍녀궁, 거해궁, 사자궁, 처녀궁……
12개의 별자리 낮을 가리고서
저렇게 울부짖고 있을지라도
잠 깬 마음의 눈으로 바라보렴
피 흘리며 하루를 시작하는 하늘
하늘 곳곳이 뚫려
너의 혼 시퍼렇게 멍들어 있을지라도.

해와 나 사이의 그대

그대 안다면서
또다시 온 밤의 이 험준한 기슭에서
내 벌거벗은 혼으로 내처 날뛰다
다리에 쥐난 마라토너처럼
털썩 주저앉고 마는 이유를

나를 미행하는 그대는
저 해가 보낸 것 은밀히
내 등 뒤에서 따라오며 작은 소리로
자네 지금 무얼 하고 있는 거지
이런 무모한 짓을 왜
이런 무의미한 일을 왜
매일 하느냐고 속삭이는
똑바로 쳐다볼 수 없는 저 해
해의 밀사가 날이면 날마다
끈질기게도 따라다녀 내 미치겠네

그대 나를 안다면서
그대를 보낸 저 해는

나에 관한 정보를 다 안다면서
내가 미친 듯이 웃을 때
해는 동정의 눈짓을 보내고
내가 한 찬양의 말을 듣고
해는 경멸에 차 얼굴을 찌푸리지
어둠 속에 불 끄고 숨죽이고 있으면
난 차라리 마음이 편해져

그대 안다면서
내 오늘도 이 험준한 밤의 기슭에서
밑 빠진 가슴에 술을 퍼붓다가
시체처럼 늘어져 잠들고 마는 이유를.

얼굴
― 최민식 사진집『인간』을 보고

길 잃은 자를 인도하는
북극성이며 북두칠성보다는
평생 한두 번밖에 보지 못할
아주 먼 곳의 이름 없는 별들을
나는 기억하려 애쓸 것이다

상상해보려 애쓸 것이다
맨발로 물위를 건너간 예수보다는
땀에 흠뻑 젖은 예수의 얼굴을
제자들 앞에서 설법하는 석가보다는
고행으로 깡마른 석가의 얼굴을
골고다 언덕 십자가에 매달린 직후
고통에 질린 예수의 얼굴과
사라 숲에서 열반에 들기 직전
고통에서 벗어난 석가의 얼굴을

일상의 늪에 빠져 신음 토하는
동시대인의 얼굴, 일그러진

부산 자갈치시장 바닥의 얼굴들에서 나는
예수와 석가의 초상을 본다
살아야 한다는 진리 앞에서
이것 보이소 이것 사이소 소리치는
인간의 거무튀튀한 얼굴빛이
별만큼이나 아름답다.

완전히 사라지는 목숨은 없다

꼬챙이로 개미집을 파헤친다
까만 개미, 개미, 개미……
하얀 알, 알, 알……
개미를 죽인다 알을 깨뜨린다
살생의 기쁨
철모르던 어린 시절

재미로 죽인 그 개미의 수는
몇 마리였을까
그것들의 잔해는 지금
흙이 되어 있을까
먼지 되어 날리고 있을까
내 목숨의 숫자는 하나
그것만을 나는 안다

목이 잘린 채 푸드득거리던 닭
목이 비틀린 채 뺑뺑이 돌던 풍뎅이
쥐약 먹고 죽은 쥐를 먹고 슬피 울던 고양이
다 이 우주의 어느 귀퉁이에

어떤 형태로든 남아 있을 것이라는
그것만을 나는 안다

살아생전 내 누구를 위해 보시하고
사후에는 내 무엇으로 다시 태어나랴
아, 이 작은 초록 행성에
많은 살생이 있었구나
많은 살생 덕에 내가 사는구나.

황악산에서 길을 잃다

느닷없이 사라지는 대낮의 하늘
산과 하늘의 경계를 지우는 눈발 속
길이 사라진다 저미어지는 마음
소리질러도 황악산黃嶽山만이 대답할 뿐
세 시간을 헤매었으나 여기가 거긴 듯
허우적허우적 비트적비트적
발이 내 발이 아니다
손이 이미 내 손이 아니다
직지사直指寺,
아도화상이 가리킨 곳에 세워졌다는
절이 보이지 않는다
천용대天龍臺도 능여계곡能如溪谷도 나타나지 않는다
길이 다 어디로 사라졌는지

9년 동안 나는 저기 저잣거리에서
사슬을 끌고 다녔다
사직원을 내고
날개를 단 몸으로 9년 만에
9년 만에 단독 등반에 나섰는데……

바람, 미쳐서 발악하고
하늘, 갈가리 찢기어
눈뜰 수 없다 눈뜬 채 명암 구분 못 했던
청맹과니의 나날들
황악산,
너는 지금 나를 시험하고 있는 거냐…… 왜?

천지간에 온통 눈, 눈발,
눈보라의 난무 속을 비틀거리다
돌부리에 걸려 삼천갑자 동방삭이처럼
구르고 굴러도 찾을 수 없는 하산길
어느새 세상엔 밤이 무너져 내려
불이 보이지 않는다
인가人家의 따뜻한 불빛 한 점 보이지 않는다
절뚝거리다 주저앉은 곳
버려진 무덤이 다복솔을 키우고 있다
이제 이 일대에 사람 흔적이라곤
일곱 뼘 땅 밑의 해골과 나뿐인 듯
〉

길 모르니 더 이상 걸을 수 없다
흩뿌리는 눈발 속 무덤가에 누워
하늘을 받아들이기로 한다
내 전생과 후생의 가슴으로
하늘의 통곡을
받아들이기로 한다
목숨만큼 많은 눈발을
내 관 위로 던져지는 꽃송이로
받아들이기로 한다
미쳐서 날뛰는
겨울 황악산 바람소리를
내 관 밟으며 부르는 상엿소리로
받아들이기로 한다

먼저 묻힌 한 사람의 살아생전과
비석도 없이 버려진 그의 사후와
비명碑銘도 없이 사라질 나의 사후
그 끔찍한 시간에 가슴 떨며 나는
얼마나 누워 있었던 것일까

꿈인 듯 생시인 듯 눈에 어리는
천불상千佛像,
이 겨울 산에서 살아 숨쉬는 것은
나만이 아니리…… 사물들이여
사물들이 몸 털며 다가서는 것을 느끼며
눈을 떴다…… 그때,

하늘에서 빛나는 하나의 별
저 별빛은
몇 백 년 전쯤에 저 별에서
지구를 향해 출발했던 것일까
무덤이 예 있으니
인가가 멀지 않은 곳에 있으리
무덤이 예 있으니
다시 길을 찾으려
내가 내 몸을 세운다.

저렇게 움직이는 것들

한 제자 : 도道란 무엇입니까?
선승禪僧 운문雲門 : 계속 걸어가라.

내가
움직이지 않으면 볼 수 없는
별
구름
그리고 강

너희가
움직여서 내가 볼 수 있는
별
구름
그리고 강

이리저리 움직임으로써
나는 불안하고
불안정하다
낱낱이 떨어진 알맹이가 아니어서

너희도 불안하고
불안정한가

모여서
움직이며 사는 것들
왔다가 또 그렇게 가는 것이
너희와 내게 주어진 길일지라도

나는 움직일 것이다
죽어서도
원자와 핵 혹은 분자로 남아

아니,
별
구름
그리고 강으로
이 우주의 한 귀퉁이에 남아.

적멸보궁 앞에서 별을 보다 4
— 강원도 영월군 수주면 법흥리 법흥사에서

세계는 쉬지 않고 움직이고 있다

나와 동시대를 살다 가는 모든 타인은
외따로 떨어져 죽어가는 존재일까
아닐 게다, 이 불가해하고 불가사의한
떼려야 뗄 수 없는 우주망 속에서
서로 연결되어 있을 게다
움직임으로써 에너지로써
질량으로써 광속의 제곱으로써
$E = mc^2$
내 육신은 소립자의 우주
우리는 그래, 그래서 모두 불안정하지

정면 3칸 측면 1칸의 맞배집으로 지은
법흥사의 적멸보궁에도 불상은 없다
자장慈藏이 사자 등에 진신사리를 싣고 왔다는 돌함과
진신사리를 봉안한 사리탑이 있을 뿐
부처가 남긴 사리들도

분자와 원자 혹은 핵으로 되어 있어
수천 년을 움직이고 있을까*

내 목숨의 생명현상이 끝나도
분자와 원자 혹은 핵으로 남아
수천 년을 아니, 수천만 년을
계속해서 움직이게 될까
믿기 어렵구나 나의 윤회를
법흥사 적멸보궁 앞에서 윤회하는
무수한 저 실체를
팽팽히,
중력으로 맞서면서도 팽창하는 저들
빠르게,
더욱 빠르게 열린 우주를 향하는 저들
저들이 팽창만을 거듭하다 차갑게 죽어감을**
믿을 수 없구나
저 모든 별의 최후를
〉

내 스스로 태어나지 않은 이 세계에서
별을 보면서도 나는 자유로울 수 없었지
여전히 불안정하게 헤매거나
줄기차게 불안에 떠는 내 앞에
또 하나의 별똥별이
빗금 긋고 죽어가면서 가르쳐준다
삶이야 너의 의지로 선택하는 것
죽음도 너의 의지로 선택하는 것
그러니 적멸의 경지에도 들 수 있으리
적멸보궁 앞에서는 법열法悅도 있으리

몇 천만 년 전이었을까
빛의 사신을 지구로 보낸
천체의 심장은 알고 있었으리라
낱낱의 항성도 알고 있었으리라
죽음으로써 누릴 수 있는 자유
그 빛나는 사유思惟의 자유를.

* "量子論에 의하면 물질은 결코 정태적인 것이 아니라 항상 운동의 상태에 있다. 거시적으로는 우리 주위의 물질적 대상들은 부동이며 활성이 없는 것처럼 보이지만, 그러한 생명이 없는 돌이나 금속을 확대해서 보았을 때는 그것들은 활성으로 충만해 있다는 것을 알게 된다." — Fritjof Capra, *The Tao of Physics*, 『현대 물리학과 동양사상』, 이성범·김용정 역(범양사, 1987, 9판), 228~229쪽.

** 우주는 팽창만을 계속하다 어느 시점부터 식어갈 것이라는 게 오늘날 대부분의 천문학자가 내리고 있는 결론이다.

적멸보궁 앞에서 별을 보다 5
— 강원도 정선군 동면 고한리 정암사에서

내 얼굴로 쏟아지는 향기로운 반달
빛을 받아 마시며
사리재를 넘었다
고한에서 정암사까지 3km의 밤길을
달빛과 별빛 저 하늘의
밝은 화음에 눈 맞추고 귀 기울이며
기운차게 걸었다
저마다 다른 색깔의 빛을 보내는
수많은 별, 태어나고 죽어간
생명체인 별떨기의 즙을 받아 마시며

적멸보궁 입구의 석단에 있는
수백 년 묵은 고목 선장단禪杖檀은
옛 모습 그대로 손상됨이 없으나
선덕여왕이 자장에게 하사했다는
금란가사金襴袈裟는 도난당해 없다고 한다 그것 참,
천의봉 자락이 뻗어 내리다 멈춘 자리에
진신사리를 모신 수마노탑水瑪瑙塔은

옛 모습 그대로 손상됨이 없으나
차고 맑은 경내 연못에서 살아온
열목어의 수는 줄어들고 있다고 한다 그것 참,
닦아내도 닦아내도 솟구치는 탐욕이라니
버려도 버려도 달라붙는 집착이라니

둥근 보리수 잎들이 황갈색으로 물드는
정암사의 밤
돌담으로 삼면이 둘러싸인 적멸보궁 앞에서
다시 하늘을 본다 구름이 몰려오는가
오탁汚濁의 내 눈에
별빛이 차츰 흐려진다
시야 가득 출렁여 오는 저 하늘 너머를
내 생시에는 볼 수 없을지라도
진여眞如를 아는 이들이 있어 무리 이루리라
이 절터 산언덕에서
살아 천 년 죽어 천 년인 주목이
군락을 이루고 있는 것처럼
〉

부처가 화엄경을 설한 그 옛날
인도 마가다국 가야성의 남쪽
보리수 아래에 있던 적멸도량이
찬연히 그려진다
그날의 밤하늘에서 빛났던 별들이
오늘도 무리 지어 내 머리 위로 몰려와
맑은 목소리로 설법하고 있으니
고맙구나 고마워, 나는 또다시
저 장엄한 음향의 밤하늘에다
시린 넋을 띄워 보낼 수 있다.

혜성가

― 삼화지도*의 혼백에게

귀가 길에 혜성을 보았다네
4,200년 만에 다시 왔다는
헤일―밥 혜성을 맨눈으로

저 별이 태어난 날과
내가 태어난 날의 간격을
자네들은 아는가
나는 모르네
자네들이 태어난 해와
내가 태어난 해의 간격을
나는 알 수 없네

혜성 관측사상 가장 밝다는
헤일―밥 혜성의 수명을
자네들은 아는가
내 짐작도 못 하네
자네들이 살았던 날과
내가 살고 있는 날의 간격을

나는 알 수 없네

지금 혜성은
북서쪽 지평으로 날아가고 있다네
그날 자네들이 본 그 혜성도
저렇게 푸른 꼬리를 끌며
태양계를 방랑하고 있던가
새 별의 태어남이
방랑의 시작인지 끝인지
나는 알 수 없네

우주에서 떠도는
혜성의 수를 자네들은 아는가
나는 모르네
영하 200도라는 혜성의 온도가
얼마나 차가운지
그렇게 차가워도 별이 될 수 있는지
나 알 수 없네
〉

제기랄, 나는 알 수 없네
헤일―밥 혜성이 언제 다시 올지
그 언젠가 다시 오기나 올지
우주는 단지 청정무애清淨無碍한
화엄華嚴의 바다
내가 알고 있는 것은
일백 번을 다시 태어나도
내 아무것도 모르리라는 것
그것을 알고 있다네…… 아주 쬐끔.

---

* 삼화지도 : 『삼국유사』에는 신라 진평왕 때 융천사가 지은 향가 「혜성가」의 유
래에 관한 기록이 나오는데, 그 기록에 등장하는 세 화랑 거열랑居烈郎, 실처랑
實處郎, 보동랑寶同郎을 가리켜 삼화지도三花之徒라고 한다.

겨울 새벽 별

사고로 죽은 자식 뼛가루 뿌리고
벗은 소리 내지 않고 오래 울었다
별이나 보러 가자
너와 나의 오랜 취미는
별에다 멋대로 이름 붙이는 것 아니냐

벗의 차는 강원도 횡성군 강림면에서도
1시간을 더 콜록거리며 달렸다
치악산 근처 삼형제봉 능선
자, 네가 아들 데리고 즐겨 왔던
버려진 화전민촌 덕초현 마을이다

모든 별은 과거의 별이다
벗은 망원경으로 오리온 성좌
1,300광년 그 먼 과거를 보고
나는 쌍안경으로 안드로메다 성운
200만년을 달려온 무리를 확인한다

우리가 볼 수 있는

하늘의 별은 몇 개나 될까?
많아야 육천 개 정도래
그럼 별 전체는 몇 개나 될까?
대략 십을 스물두 번 곱한 숫자래
…… 그만큼 많은 아이가 죽었겠지?

벗의 대답에 할 말 잃고 있는데
바람 갑자기 소리지르며 솟구치고
별은 더 초롱초롱 빛난다
너는 빛나는 저 별에다
죽은 자식 묻고 싶었던 게지.

3부

인간

어머니가 가볍다

아이고—
어머니는 이 한마디를 하고
내 등에 업히셨다

경의선도 복구공사가 한창인데
성당 가는 길에 넘어져
척추를 다치신 어머니

받내는 동안 이렇게 작아진
어머니의 몸 업고 보니
가볍다 뜻밖에도 딱딱하다

이제 보니 승하가 장골이네
내 아픈 니를 업고 그때……
어무이, 그 얘기 좀 고만하소

똥오줌 누고 싶을 때 못 눠
물기 기름기 다 빠진 70년 세월 업으니
내 등이 금방 따뜻해진다.

어떤 손

잠든 어머니의 손을 잡는다
손은 깊은 계곡이다
물 흐르지 않는

내 손은 약손 승하 배는 똥배
배 쓸어주시던 손길 참 부드러웠는데
어머니의 손은 지금 황폐하다
첫사랑을 잃고 서럽게 울었을 때
손수건 꺼내 내 눈물 닦아주셨는데
어머니의 손은 지금 자갈밭이다
30년 동안 공책과 연필을 파신

그 손으로 무친 나물의 맛
그 손으로 때린 회초리의 아픔
이제 곧 동이 터 오면
세 번째 수술을 받으시는 날
잠든 어머니의 손을 잡는다.

아버지한테 면회 가다

이곳에는 술이 없습니다 아버지
숙취의 아침에 다시 마시는
해장술도, 외상 술값도
고래고래 고함지르며
욕할 대상도, 발길질할 식구도

명정酩酊의 상태에서 기억이 끊겨
때때로 저를 보고
니 누고……?라고 물어보셨죠
아버지…… 저예요……
면회 오지 마라…… 고만 와……

지금은 손을 떨고 계시지 않네요
온갖 것을 보는 환각 증세와
온갖 소리에 시달리는 환청 현상
무조건 술 냄새라고 우기는 환취 현상
그 모든 금단 현상에서 벗어난 것입니까

이제는 정말 술 없이

살아가실 수 있는 겁니까
주기적인 자살 협박과 살해 충동
아버지 손에 부엌칼을 들게 한
좌절감과 열등감
이제는 이해할 수 있다고……

아버지는 사회라는 거대한 톱니바퀴에 긴
한 마리 바퀴벌레였어요
눈치를 보다 술로 달아나던
술로써만 해방감을 만끽하던
손을 떨다가도 당당하게, 호탕하게

아버지
이 병원 문을 도대체
몇 번이나 다시 들어와야
그 술, 술의 쇠사슬에서
풀려나시는 겁니까
술의 유혹 술의 협박
아아, 술의 압제에서.

아버지의 숙변을 받아내기 위하여

꾸어다놓은 보릿자루처럼
아버지는 침대 위에 지금
놓여 있다 전신 마비의 상태로

사람이 자신의 의지로
배설하지 못하는 고통에
익숙해질 수는 없는 것일까
입을 뒤틀면서
진땀을 흘리는 아버지
배를 불쑥 내밀고서
숨을 몰아쉬는 아버지

튜브, 외과용 윤활제, 주수기注水器 같은
관장을 위한 기구들을 갖다놓고
고무장갑을 낀다
손가락 한 개를
나중에는 두 개를
아버지의 항문에 집어넣는다
가스가 새어나오도록

자극을 주어야 하는 것이다

아버지! 제 목소리 들리세요?
목소리 들리면 제 손을 잡으세요
아무런 반응이 없다
구두 반응 없음 근육 반응 없음
눈 자발적으로 뜨지 않음

자발적으로 배설할 수 없는
아버지의 몸속에 숨어 있는
삶에의 의지를 자극하고자
나는 지금 손가락으로
처음에는 부드럽게
점점 힘을 주어 넣되
아프지 않게

아프지는 않게, 아버지가
편히 똥 눌 수 있게, 아버지가
악취를 풍겨 후련해질 이 이승에서.

아버지의 성기를 노래하고 싶다

볼품없이 누워 계신 아버지
차갑고 반응이 없는 손
눈은 응시하지 않는다
입은 말하지 않는다
오줌의 배출을 대신해주는 도뇨관導尿管과
코에서부터 늘어져 있는
음식 튜브를 떼어버린다면?

항문과 그 부근을
물휴지로 닦은 뒤
더러워진 기저귀 속에 넣어 곱게 접어
침대 밑 쓰레기통에 버린다
더럽지 않다 더럽지 않다고 다짐하며
한쪽 다리를 젖히자
눈앞에 확 드러나는
아버지의 치모와 성기

물수건으로 아버지의 몸을 닦기 시작한다
엉덩이를, 사타구니를, 허벅지를 닦는다

간호사의 찡그린 얼굴을 떠올리며
팔에다 힘을 준다
손등에 스치는 성기의 끄트머리
진저리를 치며 동작을 멈춘다
잠시, 주름져 늘어져 있는 그것을 본다

내 목숨이 여기서 출발하였으니
이제는 아버지의 성기를 노래하고 싶다
활화산의 힘으로 발기하여
세상에 씨를 뿌린 뭇 남성의 상징을
이제는 내가 노래해야겠다
우리는 모두 이것의 힘으로부터 왔다
지금은 주름져 축 늘어져 있는
아무런 반응이 없는 하나의 물건

나는 물수건을 다시 짜 와서
아버지의 마른 하체를 닦기 시작한다.

아버지 뇌사 상태에 빠져 계시다

혼수의 늪에 빠져 아버지
아무런 반응이 없으시다 밤의 중환자실
인공호흡기는 삶과 죽음의 세계를 이어주는
하나의 지푸라기 끊어질 수 없는
아버지와 나 사이의 연줄
아버지는 아직 한 구의 시체가 아니지만
뇌전도腦電圖의 파상선은
일주일째 완전히 일직선
사람의 자격을 상실한 저 사람을
나는 얼마나 깊이 증오해왔던가
꿈속에서 살해한 것만도 수십 수백 번
이렇게 되어 매질을 멈추시다니

각막 : 반사 반응 없음
동공 : 확장되고 반응 없음
호흡 : 정지 상태
뇌기능 : 완전 정지
내 간절한 꿈이 이루어진 것일까
아버지 없는 세상에서 살아보고 싶었던 꿈

체중 : 정상
체온 : 정상
혈압과 맥박 : 정상
소변 배설 상태 : 양호
내게 아버지를 죽일 권리가 있는 것일까
아버지의 장기를 기증할 수 있는 권리

　……만경창파 깊은 물에
　　　청천에 구름 뜨듯
　　　광풍에 낙엽 뜨듯
　　　기엄둥실 떠올라서
　　　별주부는 마침내 토끼의 간을 구하러
　　　육지를 향해 떠났던 것이었다……

저 인공호흡기만 떼어내면 된다
왼팔과 목 오른쪽에 꽂혀 있는
저 줄만 떼어내면 된다
그럼 부자지간 그 부자지의 질긴 연줄을
떼어낼 수 있을 게다 후련하게

숙변의 배설보다 더욱 후련하게
누군가는 각막을 얻고
누군가는 신장을 얻고
누군가는 비장을 얻을 수도 있으리
아버지는 비록 아무런 유언도 없이
뇌 기능이 완전히 정지되었으나

전신 마취된 환자인 양
삶과 죽음의 경계에 드러누워
아버지는 내게 당신의 목숨을 맡기셨다
나는 일어나 시트를 여며드리고
병실을 나와 밤하늘을 본다
뜰은 온통 풀벌레들의 음악 잔치
무생물체인 저 별들과 나와의 인연을
생명체인 저 벌레들과 나와의 인연을
곱씹어보는 지금은
세상이 혼수의 늪에 빠진 한밤이어서
나는 별들의 운행에 두 눈 맞출 수 있다
벌레들의 짝 찾는 노래

저 우주의 가슴 벅찬 음향에
두 귀 활짝 열어둘 수도 있다.

아버지의 임종을 지키다

몸속에 남아 있는
마지막 힘을 모아
눈을 뜬 아버지
가족 한 번 쳐다보고
천장 한 번 쳐다보고
눈을 감았다가 금방
다시 뜨신다
이 세상 이 순간 이렇게
뜨기는 싫은 듯

이대로 그냥 눈을 감으면
영원한 암흑,
죽음의 세계일 테니
한 번만 더 눈을 뜨자
한 번만, 한 번만 더
한 번만 더 사물을 보자고
자, 한 번만 더 눈을 뜨자고
아버지는 안간힘을 다하고 있는 거다
삶의 마지막 암벽에

지금 매달려 있는 거다

오르고 미끄러지기를
갔다가 되돌아오기를
예닐곱 번
마지막 기운마저 빠지자
눈을 크게 떴다가
감은 아버지
두 줄기 눈물을
주르르 흘린 뒤
숨을 멈추었다
그 몇 방울의 눈물로 나는
아버지의 자식이 된다.

저 강이 깊어지면

바람 다시 실성해버려
땅으로 내리던 눈 하늘로 치솟는다
엊그제 살얼음 덮였던 강
오늘은 더 얼었을까 얼마만큼
더 두터워졌을까
깊이 모를 저 강의 가슴앓이를
낸들 알 수 있으랴

눈…… 눈 닿는 어디까지나
눈이 흩날려 세상은 자취도 없다
길도 길 아닌 것도 없는 천지간에
인도교도 가교도 없는 막막함 속
이 반자받은 눈발을 뚫고서
누추한 마음으로 매나니로
강 저쪽 가물가물한 기슭까지
오늘 안으로 가야만 하는
사람들이 있다 모질기만 한 시간

저녁 끼니때는 왜 이렇게 빨리 오며

밤은 또 왜 이렇게 빨리 오는 것인가
강은 그저 팔 벌려 온종일
받아들이고만 있다 쌓이는 눈을
눈물을, 사랑과 미움의 온갖 때를
강 저쪽 기슭에는
살 비비며 만든 식솔들
사랑과 미움으로 만나는 식솔들이 있기에
가야 하는 것이다 날 새기 전에

참 많은 죽음을 저 강은
지켜보았으리 다 받아들였으리
눈발에 아랑곳하지 않고 저 홀로 깊어지는 강
침묵으로 허락했던 시간이 쌓여
기나긴 저 강 이루었을 터이니
모든 삶은 모든 죽음보다
어렵다 아니, 어렵지 않다.

할머니가 주신 떡

꼬부랑 할머니 술에 취하셨네
길 가는 나를 붙들더니
떡 한 덩이 내미시네
"이 떡 좀 드소."
까만 비닐봉지에서 꺼낸
한 덩이 경단
(노망하신? 노인성 치매?)

놀라서 몸을 피하는 내게
"우리 손주 백일이라서
떡 했오. 하나만 드소.
백 사람이 떡을 자시면
쑥쑥 잘 큰다 하오."
취하고도 쑥스러워 고개 돌리시네
(내 할머니, 우리 할무이 만세!)

술에 취해서 웃고 계시네
손자 사랑스러워 웃고 계시네
머리 하얗게 세신 주름살투성이 할머니

"할머니 오래오래, 건강하게 사세요."
"고맙소. 이 떡 더 드소."
양볼 가득히 떡 넣고 씹으며 걷는 거리
환해진 느낌이어서 술 한잔하고 싶네
(세상이 아름다워 눈물 글썽이는 봄날)

할머니의 젖가슴

양지쪽에 앉아 계신 팔순 넘긴 할머니
하얀 머리카락 백목련 같은데
젖가슴 꺼내놓고 또 만지고 계시네

    하야 이리 와본나
    가슴에 다시 젖이 돈다 아이가
    젖멍울이 다 아푸다
    하야 니가 좀 만져봐라

내 어릴 때 밤마다 파고들어
만지며 잠들었던 할머니의 젖가슴
쪼글쪼글 볼품없이 쪼그라졌는데
치매의 몸에도 봄기운 도시는지
옷고름 풀어헤치고 양지쪽에 앉아
젖가슴 꺼내놓고 나를 부르시네
개나리 진달래 꽃길로 나서며

    백구야 훨훨 날지를 마라
    너 잡을 내 아니로다

일촌 간장 맺힌 설움에
　부모님 생각이 절로 나네

고개를 끄덕이며 창부타령 한 가락
나비처럼 나풀나풀 우리 할머니
가슴 다 내놓고 저승길 걸어가시네.

목숨

그들은 마당에서 노래를 불렀네
대구시 북구 칠성동 할머니댁 마당
작년에 왔던 각서얼이 죽지도 않고 또 와았네
깡통을 두드리며 어깨춤을 추며
하이고 이 사람아 죽지 않고 또 왔네그랴
할머니가 손 내밀어 잡으려 하면
손 등 뒤로 감추고 물러서던 거지 부부

수건으로 얼굴 감싸 눈밖에 안 보였지만
글썽이던 네 개의 눈동자는
내 어린 날에 본 가장 깊은 우물이었네
알 수 없는 깊이
다가갈 수 없는 거리
문둥이 부부가 왔다 간 날

몇 번이나 눈물 훔쳐내며
하이고 고만 죽어삐리지 않고설랑
한숨쉬며 말하는 할머니는 해수병 환자
남편 일찍 잃고 여섯 남매 키운

과부였네 기침으로 꼬박 밤을 새기도 하신
문둥이처럼 질긴 목숨이었네.

북녘
— 1940년대/1990년대

된똥 눌 수 없는 나날
산마다 모조리 베어지고 없는 송기

논흙을 떠 와
쑥 버무려 국을 끓이면
배는 불러도
빠지지 않는 누이의 부기

횟배앓이 누이를 들쳐업고
마을을 지나 뒷산에 오르면
환하게 웃는 보름달
진달래 피면 진달래 먹자

콩깻묵 나오면 콩깻묵 먹고
밀기울 나오면 밀기울 먹자
청보리 피면 청보리 베고
둑새풀 피면 둑새풀 뜯자
〉

버짐 핀 얼굴로 누이가 웃는다
그래 그래 언젠가는
푸지게 쌀밥 먹을 날도 안 있겠나
고깃덩이 앙굴 날도 안 있겠나

먼 길 떠나셨을
북녘에 계신 아버지, 어머니.

명과 암의 거리
— 정상현*에게

마음이 몸으로부터 벗어날 수 없을 때
얼마나 답답할 것인지
네가 네 자신한테서 벗어날 수 없을 때
얼마나 암담할 것인지
내 어찌 알랴 명과 암의 거리를

지팡이를 버리고 너는 8년 만에
내 앞에 서서 걸음마를 하고 있다
보이지 않는 세계의
처음에서 끝까지가 멀까 가까울까
가볼 수 없는 세계의
밤에서 아침까지가 멀까 가까울까

움직임으로써 너는 지금
세계의 중심에 서 있다 위태롭게
위태롭게 움직여 가라 빛을 찾아서
나는 기도하고 또 노래하리니
날개 고운 나비가 아니라

다친 나방을, 맹목盲目의……

혼이 다 마모되는 집념으로
빛을 향해 날아가 타버린들
네가 지금 깨어 비트적거리지 않으면
세상은 늘 한밤
깨어날 줄을 모를 게다.

* 84학번 후배. 교통사고로 식물인간의 상태에 있다가 깨어났으나 시신경 손상
  으로 시력을 잃었고, 반신불수의 몸으로 살아가고 있다.

비, 비정 도시

중부지방에 내린 호우경보 속
집 근처 한길에서 15분을 기다려도
택시는 보이지 않는다
20분을 넘어섰을 때, 안 되겠다
2차선 차도를 버리고 한참 떨어진
4차선 차도로 냅다 달린다
흠씬 젖은, 등에 업힌 새끼는 불덩이다
우산 들고 따라오며 아내가 운다
울지 말라구! 지금 운다고 뭐가 돼?
주여, 우리 아기 좀 살려주세요
시끄럽대두! 지금 기도한다고 뭐가 돼?
밤 2시 반을 막 넘긴 시각
도시의 거리도 이때는 어둡다
마감 뉴스 시간을 넘기면서부터
새끼의 체온은 급상승
39도를 넘어섰을 때, 안 되겠다
새끼를 들쳐업고 나선 거리는
비의 천국인가 바람의 지옥인가
번개 칠 때마다 도시의 거리

140

피, 피땀 얼룩진 얼굴을 잠깐씩
드러내 보인다 비, 비웃는다
빈 택시는 좀처럼 나타나지 않는다
내달리는 몇 대의 차량
흙탕물을 가슴까지 확 튀긴다
새끼는 등에다 위액을 다시 웩 토하고
엄청난 비, 빗물의 강
정강이를 차고 막 올라오고 있다.

천상병 생각

인사동 거리 걸어갈 때 마주치는 찻집
내 그대 살아생전의 얼굴 본 적은 없네

그대 반평생 제정신으로 살다
반평생 넋 나가 살았다는 얘기며
술잔만큼의 웃음과
담배 개비만큼의 구걸
소문으로 들어서 알고 있을 뿐

나 2000년에
시인으로 살아가기 부끄럽고 한심스러워
'귀천歸天' 간판 못 본 듯 발걸음 옮기네
천상의 시인이었으면 무엇하나
지상의 병 깊은 몸이었던 것을
그대 애꿎게 당한 세 차례의 전기 고문과
생전의 유고 시집 『새』 이후
황폐한 나날에 쓴 시들이 쨍그랑!

내 혼을 깨뜨리네

아프고 또 아픈 몸으로
소풍 나온 아이처럼 웃고 또 웃다가
하늘로 돌아간 그대 생각에
나 부끄러워 그 집 앞
얼른 지나쳐 가네.

인과율

제 몸이 그대 몸속에서
향기를 내뿜고 있네요
무릎 꿇어야 태어나는 목숨
살을 찢어야 태어나는 목숨
세상에 나와 첫울음 터뜨렸을 때
많은 여인 어머니 되었고
많은 사내 아버지 되었지요

살은 반드시 썩고
피는 반드시 마르는 법
카운트다운하며 살지는 않지만
자연의 모든 법칙은 시한부의 법칙
그래서 저는 그때 제 몸을
그대에게 또 그대에게
나눠드리고 싶었던 것입니다.

더 큰 산으로 걸어가다
— 이성선 시인 영전에

걷다보면 길은 다
산에서 끝난다
아니, 산에서 거듭
시작될 뿐이다
밤하늘 저 높다란
천정天頂으로 나 있는 길
그 길을 등산복 차림으로
나선 시인이여
그대 붓끝에서 그려지던
황도 12궁의 불빛
더 빛내기 위해 길 떠났으니
산새들이여 더 슬피 울고
산그늘이여 더 깊어져라.

돌아오는 길에

돌아오는 길에 내가 밟아 죽인
개미의 숫자를 알 리 없으나
내 시신의 무게는 잘 알고 있다
작은 나여
내 묻혀 거름이 된들 몇 그루의 나무가

자, 저기 또 한 구의 시신이
병원 문을 나서고 있다
부의금을 내고 돌아오는 길에
차가 뒤집히는 사고를 보았다
축의금을 내고 돌아오는 길에
사람을 치고 뺑소니 놓는다
수십 대의 차바퀴로 납작해진
걸레 쪼가리 같은 고양이와 강아지들

돌아오는 길에 눈길 한 번만 준
휠체어 위의 뇌성마비 장애자는
침을 흘리며 말하려 하고 있었다
걸어다니는 나여

풀잎이 비웃을 내 시신의 값어치라니.

머리 센 미친 영감태기에게

미치면 뭘 못 해 흰머리 산발하고
취하면 뭘 못 해 새벽 강 물살에 뛰어든
저 영감태기는 내 지겨운 남편

사흘 밤낮을 마시더군 도도한 취흥
가슴에 불이 나 저 도도한 강물에다
영감태기 몸 집어던지고 싶었나
돌아버렸지 악착같이 술병은 차고서
건너긴 어떻게 저길 건넌단 말이냐

영감태기 나이 먹을 만큼 먹었고
머리도 이미 셀 만큼 세었어
백년해로는 무슨 망할 놈의 백년해로
눈썹 끝 터럭 한 개만큼이라도
날 생각한다면 할 수 없는 짓

그대는 물을 건너지 마라
그대 물을 건너가다
물에 빠져 죽어버리면

이 일을 어찌할꼬*

난 또 누굴 믿고 살아가란 말이냐
철딱서니 없는 영감태기 같으니라고
새벽 강 저 끝으로 그대 보낸 뒤에
내 얼마나 울었는지 말해 무엇해.

*「公無渡河歌」를 한글로 번역한 것.

「우적가遇賊歌」를 읽는 밤
— 도망자 신창원에게

내가 쓴 시 60명 도둑의 무리는커녕
단 한 사람의 마음도 움직인 바 없으니
컴퓨터 팔아버리고 산중 깊이 숨어야 하리

시집 따위는 불태워버려야 하리
온통 도둑의 무리인 이 세상에서
돈 냄새 한번 제대로 풍기지 못했으니

우적우적 씹어 삼킨 재물이
지옥으로 떨어지는 근본임을 모른 채
내 배 채우기 위해 남의 등을 치는

썩은 심장은 어딜 가나 있더라
구린 혓바닥은 어딜 가나 있더라
목탁 소리 설교 소리 아무 소용이 없는

멋대가리 없는 도둑들이 날뛰고 있으니
내 아들아 딸아 미래의 손자 손녀들아

그때도 세상이 뒤바뀌지 않는다면

노래 알아들을 줄 아는 도둑이 되라
현자 앞에 무릎 꿇을 줄 아는 도둑이 되라
저 신라 시대 때 설쳤던 도둑의 무리처럼.

꽹과리 소리

철판에 와르르 모래 쏟아지는
저, 저, 소리, 쇳소리, 짝드름
도로에 와장창 유리 깨어지는
저, 저, 소리, 쇳소리, 민푸너리
어이, 용배! 듣고 있냐?
네가 죽어라 죽어라 꽹과리 두드리면
구천에 못 가 떠돌던 넋들
떼로 몰려와 울고 날뛰고
끝내는 네 숨통 틀어막곤 했다지

어이, 용배!
지상에서 원 없이 두드려보았다고
목숨 뚝 분질러버리고
천상에서 겁 없이 두드리고 싶었냐?
넋들에 둘러싸여 꽹과리 두드리면
신이 지필 것 같았어?
신이 될 것 같았냐고?
아, 신이고 머시고
제가 내는 소리에 제가 미쳐버린

용배야! 어이, 듣고 있냐?

그려 그려 내 조금은 알어
하늘과 땅이 무슨 소리가 있어야
서로 안아보지 않겄어
사람과 사람이 무슨 소리가 있어야
함께 놀아보지 않겄어
신바람의 도가니 쇳소리에 어깨춤
두드리면 천지가 요동을 치고
두드리면 별과 달이 흔들렸으니
그놈의 소리를 어떻게 배겨낼 수 있었겄어

두드리자 두드려 어딜 가나
터져 나오는 이 신명을 어찌 막으랴
탕! 재쟁! 쟁기쟁기! 쟁기재잰!
언놈이 뭐라 하던 말어
나도 꽹과리로 바람 달구어 계속 때렸더니
찌그러졌던 것 다 바로 펴졌어
고꾸라졌던 것 다 금방 일어났어

네가 없는 이 자리에서 나 꽹과리 들고
소리가 익고 익어 곪아터질 때까지
두드리고 싶은 거여, 어이, 들어봐, 용배!

숲에서 폭우 만나다

갑자기 어두워지는 세상
산을 오르는데 비가
참담하게 퍼붓는다
피할 곳이 없다
나는 오랫동안 서서
매 맞듯이 비 맞는다
나무에 떨어졌다가 곧바로
내 몸에 떨어져 내리는
빗방울들의 연속 안타!

온 세상이 음악으로 화했을 때
내가 할 수 있는 일은 음악이 되는 것
동요하지 않고, 요동하지 않고
하늘 아래서 땅을 보면서
비의 논리에 황홀히 순응하는 것
아아 결합하는 것
내 생애 첫 번째 오르가슴의 순간!

숲에는 나 혼자밖에 없었다

이름도 없는 산 등산로도 아닌 길
무턱대고 오르다 나는
대자연의 힘찬 교향악에 넋을 잃고
시간 개념을 잃고 나를 잃고
음향의 파도에 마구 두들겨 맞으며
내 몸속으로 들어오는 강렬한
힘을 느끼고 있었다

자궁,
기억의 수평선 그 너머의 바다를
나는 정말 10개월 동안이나
헤엄치며 살았던 것일까
무덤,
기억의 지평선 그 너머의 산을
나는 정말 49일 동안이나
떠돌아다니며 지낼 것인가

하늘이 보이지 않는 울창한 숲 한가운데
참담하게 퍼붓는 비를 맞으며

나는 오래오래 서 있었던 것이다
태아가 된 양, 시신이 된 양
자연과 일체가 된 기쁨에 겨워
소리 내지 않고 눈물 철철 흘리며
40년의 모든 죄악 참회하는 기분으로.

자연

1. 한산자寒山者가 습득拾得에게
우리 이 땅에 떨어진 한 개 돌멩이이니
구르지 못하면 땅에 박혀 있으면 그뿐
강가의 빛나는 돌 부러워하며 살아본들
예쁜 돌 탐하는 사람에게 잡혀갈 뿐이로다
자연 속에서 자연스럽게 살던 우리가
인간 속에서 인간의 삶을 살지 않게 되었으니
습득이, 절 부엌에서 부지깽이 잡고 있는 그대가
부처상 앞에서 목탁 두드리는 저 중보다 낫도다.

2. 습득이 한산자에게
우리 이 땅에 떨어진 한 개 풀씨이니
뿌리내리지 못하면 세상 알 수 없지요
아름드리나무 부러워하며 쳐다본다고 한들
그 밑에서야 제대로 하늘 보며 살 수 있나요
만물이 제각기 만상의 꿈을 꾼다면
외로운 우리 모두 외톨이가 될 밖에요
한산자 님, 저는 한 명 천한 행자行者에 지나지 않아

님이 가신 길을 늘 뒤따르며 배울 따름입니다.

3. 한산자와 습득에게
돌멩이를 쌓아 만든 탑이나
나무를 베어 만든 집이나
반드시 무너지는 날이 올 터이니
다 부질없다는 생각이 들 때가 있네
허나 내가 만들지 않으면 세상에는 탑도 집도
서 있지 않을 테니 두 은자隱者여
내 강가의 돌멩이, 나무 밑의 풀이 될지라도
살겠네, 자연을 길들이며, 자연에 길들며.

유준劉俊의 한산습득도寒山拾得圖를 보다
— 시인이 되기 위하여

1

산발한 머리 둘 다 미친 사람인 양
누더기 차림으로 입 크게 벌려 웃고 있네
웃음이 찬 공기 따뜻하게 하고
북풍한설 꽃샘추위 다 잠재웠으니
쌓이는 시름과 솟구치는 욕심
환한 봄 하늘 보고 종다리처럼
웃음으로 날려보내라 그것이 시일 테니
욕설로 날려보내라 그것이 시일 테니.

2

미치광이인지 보살인지 한산자, 습득이
시가 안 될 때 나는
홧술을 마시거나 밤을 꼬박 새우지
시인이 되기 위하여
물 긷고 밥 지어본 적 없으니
시인이 되고 나서
세상 제대로 비웃어본 적 없으니

10년을 더 산들 50년을 더 산들
내가 어찌 시인이리 참 사람들아.

3
나도 그대들처럼
흥에 겨워 춤을 추듯
시 쓰게 될 날이 올까
신명 지펴 노래 부르듯
시 쓰게 될 날이 올까
그날이 오면 이 보게 한산자
그리고 습득이, 그림 그대로
손뼉 치며 기뻐해주시게
발 구르며 축하해주시게.

시집을 엮은 뒤에

1. 시간

신약 에베소서에서 사도 바울은 다음과 같은 감동적인 말을 한다. "너희가 어떻게 행할 것인가 자세히 주의하여, 지혜 없는 자같이 말고, 오직 지혜 있는 자같이 하여 세월을 아껴라. 때가 악하니라." 시간에 대한 지혜로운 말씀은 『미란타왕문경』에도 나온다. 이 불교 경전 시간론의 요체는 시간의 처음이나 끝에 대해 아무리 논해보았자 무슨 이익이 돌아옴이 없다는 것이다. 예컨대 씨에서 싹이 나고 그것이 자라 결실을 맺는 작용이 언제 끝날 것인가에 대해 관심을 가질 것이 아니라 오히려 씨 뿌리는 일에, 또 곡식을 키우는 그 일에 정성과 노력을 기울이는 것이야말로 우리들의 의무라고 하였다.

두 종교의 가르침은 '일촌광음불가경一寸光陰不可輕'이라는 한자 경구에 담긴 뜻과 크게 다르지 않다. 이 모두 내 등 뒤로 흘러간 시간을 애달파할 것이 아니라 내 앞길에 남아 있는 시간을 어떻게 쓸 것인가를 놓고 궁리해야 한다는 뜻이 아니랴. 최선을 다하는 사람이 가장 많은 시간을 사는 것일진대 나는 이날 이때껏 어떻게 살아왔으며 남은 날을 어떻게 살 것인가.

2. 공간

신문지상의 천문학 관련 기사를 볼 때마다 우주의 비밀을 하나씩 알게 되지만, 그때마다 인간의 한계를 함께 깨닫게 된다. 미국 프린스턴대학교의 천문학자 러스 댈리 박사는 우주가 영원히 팽창할 것은 매우 확실하며, 그럴 경우 궁극적으로 별들이 모든 연료를 다 태워버림으로써 우주는 어둡고 아주 차가워져, 궁극적으로는 바위밖에 남지 않을 것이라고 말하였다. 이런 믿기 어려운 천문학 연구 결과를 접하노라면 인간의 무궁무진한 지혜에 감탄하게도 되지만 우주의 기원과 지구의 종말에 대해 생각해보지 않을 수 없다. 인류가 영원무궁 이 지구상에 존재할 수 없다는 것이야말로 진리가 아니랴. 과학도 인간이 하는 것이기에 한계가 있지 않겠는가.

자동차가 굴러가는 것만 봐도 과학의 위대함에 감탄하

게 된다. 그렇다고 과학이 이 우주의 탄생과 성장과 노쇠와 끝에 대해, 혹은 초자연과 초월의 모든 신비스러움에 대해 해답을 줄 수 있을까. 그렇지 않을 것이다. 그래서 나는 욕망의 허망함을 줄기차게 깨우쳐온, 기독교의 성자聖子(예수)와 불교의 성자聖者(붓다)의 가르침에 더더욱 감복하지 않을 수 없다. 기독교나 불교나 궁극의 진리가 따로 있을 것인가. 인간이 아무리 알려고 해도 알 수 없는 것이 있음을, 아무리 보려고 해도 볼 수 없는 것이 있음을 밤하늘은 가르쳐준다. 내가 미미하기 짝이 없는 유한자임을 별들은 오늘밤에도 머리 위로 몰려와 저렇게 반짝이는 눈으로 일깨워주고 있건만.

3. 인간

고모부가 몇 해 전 암수술을 하셨는데 그만 재발하였다. 신체 여러 곳에 전이된 암세포는 병원에서 손쓸 수 없는 상황에 이르러 있었고, 집으로 모시라는 병원 측의 지시는 말 그대로 사형선고였다. 아들네 집에 누우신 고모부는 의식이 처음에는 명료했으나 며칠 안 되어 급격히 흐려졌다. 암 때문이기도 했겠지만 음식은 물론 물도 거부하자 기력이 순식간에 쇠약해져 의식이 가물가물해져 간 것이었다. 물마저 거부한 것은 죽음의 순간을 앞당기겠다는 굳은 각오 때문이었다. 고모부는 여러 해 전 역시

암으로 돌아가신 고모의 생에 대한 광기 어린 집착에 질렸음이 분명했다. 밤마다 안 아프게 해달라고 비명을 지르고, 누가 문병을 오면 붙잡고 통곡을 하고, 의사한테도 주변 사람들 민망하게 통사정을 하고……. 고모부는 '내가 만약 저렇게 된다면 식구들한테 저런 고통을 주지 말아야지' 하고 거듭 다짐했을 테고, 그것은 무의식중에도 물을 거부하는 집념으로 나타났다. 죽음에 대한 집념을 나는 고모부를 통해서 보게 된 셈이었다. 내가 손을 잡자 고모부는 아주 희미하게 미소를 짓고 눈빛으로 작별을 고했고, 퇴원 일주일 만에 눈을 감았다.

죽음 앞에 서면 인간은 다 나약해지는 존재인 줄 알았는데 꼭 그렇지는 않음을 고모부를 통해 나는 알았다. 오욕이며 칠정에서 한시도 헤어날 수 없는 인간의 본성은 늘 나의 연구 대상이었다. 많은 시인들이 사물의 본질에 대한 탐구를 하고 있지만 나의 관심사는 예나 지금이나 인간이다. 고통에서 벗어나고자 하는. 고통에서 벗어날 길 없는.

뼈아픈 별을 찾아서

1판 1쇄 인쇄	2020년 3월 10일
1판 1쇄 발행	2020년 3월 20일
지은이	이승하
발행인	윤미소
발행처	(주)달아실출판사
책임편집	박제영
디자인	안수연
마케팅	배상휘
법률자문	김용진
주소	강원도 춘천시 춘천로 17번길 37, 1층
전화	033-241-7661
팩스	033-241-7662
이메일	dalasilmoongo@naver.com
출판등록	2016년 12월 30일 제494호

ISBN 979-11-88710-62-1 03810

* 이 도서의 국립중앙도서관 출판예정도서목록(CIP)은 서지정보유통지원시스
  템 홈페이지(http://seoji.nl.go.kr)와 국가자료공동목록시스템(http://www.
  nl.go.kr/kolisnet)에서 이용하실 수 있습니다.(CIP제어번호 : CIP2020007072)
* 잘못된 책은 구입한 곳에서 바꿔드립니다.
* 책값은 뒤표지에 표시되어 있습니다.